D1734555

Rumi Rivett

Der blaue Ritter

story.one – Life is a story

 story.one

1st edition 2023
© Rumi Rivett

Production, design and conception:
story.one publishing - www.story.one
A brand of Storylution GmbH

Font set from Minion Pro, Lato and Merriweather.

© Cover photo: Illustration von Patrick Tjarks

© Photos: Illustrationen von Patrick Tjarks

ISBN: 978-3-7108-9131-1

*Für meine Eltern, meine
Schwester und meinen Mann.*

*Und alle diejenigen, dessen Kopf
in den Wolken steckt ...*

INHALT

Der letzte Ordensritter	9
Der vertraute See	13
Die wandelnden Geister	17
Die blaue Blume	21
Das tückische Wasser	25
Das unbescholtene Seenvolk	29
Der Herr von See	33
Der törichte Müllersjunge	37
Die bindende Schuld	41
Die kleine Baumquelle	45
Die gebündelte Macht	49
Der steinige Pass	53
Die schwarzen Ritter	57
Die Herrin der Anhöhe	61
Die Prüfung des Ordens	65
Die tosenden Fluten	69
Der blaue Ritter	73

Kapitel 1

Der letzte Ordensritter

Nenne es beim Namen. Sage mir, was es ist. Verräter. Das ist es, was du bist. Die Reihen des blauen Ordens ausgelöscht in einer Nacht. Gefallen durch deine Hand. Durch deine Macht. Die Hand eines Ketzers, der seine Brüder verraten hat. Voller Missmut betrachtete der Ritter, die Reflexion der Wasseroberfläche, berührte sie mit der Fingerspitze. Blut rann unter dem Visier seines Helmes, tropfte in das fließende Gewässer, als er sich näher zur Spiegelung beugte. *Ich verachte dich. Du verdienst keine Gnade. Das Blut des Ordens klebt an deinen Händen. So reißend wie der Bach, nahmst du ihnen das Leben.* Leise plätscherte der Bach in den nahegelegenen See eines Tals, an dem eine kleine Wassermühle arbeitete.

Der Bursche tauchte den Eimer in das kristallklare Gewässer. Ein kleiner Käfer krabbelte seinen Arm hoch, als er den Eimer hochzog und das überschüssige Wasser auf den Holzsteg plätscherte. Von hier aus hatte er einen guten Blick über den großen See und auf den Weidenbaum, dessen Äste bis auf den Boden ragten. »Fero!« Die Schritte seiner kleinen Schwester polterten über den Steg. »Großvater fragt nach dir …« Doch der Bursche starrte wie gebannt, auf die andere Seite des Sees. »Fero?« »Siehst du ihn, Ida?« Der Junge beschattete seine Augen. »Sieh dir seine Rüstung an … Siehst du die Farbe des Mantels?« »Wir sollten in die Mühle gehen, Fero …« Das Mädchen zog ihren Bruder so kräftig am Arm, das er seine Bundhaube richten musste. Wenig später rappelte er sich auf und folgte seiner Schwester. »Wo warst du so lange, Junge?« Ein älterer Herr in Schürze und Bäckermütze kam auf die Geschwister zugestürmt. Ein Band fixierte sein zersaustes Haar, das er im Nacken zusammen genommen hatte. Mehl klebte ihm an sämtlichen Stellen. Sein schmales Gesicht verriet, wie viele Winter er überstanden hatte und sein aufgeweckter Blick, wie viele es noch werden. »Fero!«, knurrte der Müllersmann. »Was hast du da draußen wieder so lange getrieben?« »Da war ein Ritter, Großvater«, rief Ida aufgeregt, warf ihre blonden Zöpfe über die Schultern und zupfte an dem Ende seiner Schürze. »Ein blauer Ritter von See.« Der Müllersmann wurde so bleich wie das Mehl. Sein Blick glitt zu einem Wappen mit blauem Ross, das über dem Türrahmen hing. Majestätische Wellen schlugen unter den Hufen. »Großvater?« »Still jetzt, Ida«, brach der Müller sein Schweigen, worauf er leicht seine Hand auf ihren Kopf legte. »Kommt Kinder, helft mir in der Mühle. Es ist nicht mehr lang, bis zum Winter.« Das Mädchen sprang so aufgeregt um den Tisch, das ihre helle Schürze und ihr Rock wehten. Sogleich verschwand sie in die Mahlkammer. Fero hingegen starrte auf das Wasser im Eimer, das seichte Kreise schlug. »Glaubst du, er ist es, Großvater?«, murmelte der Bursche. »Der Verräter, der den blauen Orden unseres Tales ausgelöscht hat?« »Du hast davon gehört?« »Der Herrand hat´s auf dem Marktplatz gepredigt.« Feros Blick verharrte auf der Wasseroberfläche, betrachtete seine grünen Augen, die ebenso vom pudrigem Weizengut umgeben waren. »Man konnte es kaum überhören. Selbst der Halbtaube Gunnar hat´s gehört.« Der alte Müllersmann warf sich das Handtuch über die Schulter, ging einen Schritt auf seinen Enkel zu. »Wir dürfen jetzt nicht die Hoffnung verlieren mein Junge. Beten wir das die Herrin der Anhöhe, gnädig mit uns sein wird.«

Kapitel 2

Der vertraute See

Das schmale Ruderboot trieb weit auf dem Wasser. Nach der Arbeit in der Mühle verbrachte Fero seine Zeit mit dem Angeln. Aus einem dicken Ast, einem Faden und einem Eisenhaken, den er vom Schmied des Tals geschenkt bekommen hatte, war eine stabile Angelrute entstanden. Nicht selten konnte er so dafür sorgen, dass ihre Mägen am Abend gefüllt waren. Es dämmerte bereits, als der Müllersjunge seine Angel ein weiteres Mal auswarf. Doch seine Aufmerksamkeit glitt vehement zum Bachufer, wo nach wie vor der majestätische Ordensritter kniete. Sein Schwert war an den Weidenbaum gelehnt. »Was glaubst du, macht der da?«, fragte Ida, während sie sich etwas über die Kante lehnte. »Keine Ahnung.« »Wir sollten nicht zu nah ran treiben, Fero.« »Wir sind weit genug weg.« Der Bursche zog sein Leinenhemd und den Gürtel zurecht an dem ein kleiner Dolch gebunden war. »Hab keine Angst, Ida. Sieh dir die schönen Seerosen an.« »Beißt denn heute überhaupt noch etwas an?« »Natürlich! Und je mehr du quasselst, desto mehr wirst du sie vertreiben.« Das Mädchen verzog das Gesicht, warf einen Zopf über ihre Schulter und ließ sich über die Kante hängen. Kleine Fische kamen kurz an die Oberfläche und schnappten nach Fliegen. Ida ließ verträumt ihre Finger ins Wasser baumeln und plätscherte leicht herum. Ein eisiger Wind kam auf, welcher den See kräuselte. »Sieh nur, Fero. Da ist ein Pferd im Wasser«, sagte das Mädchen plötzlich. »Ein Rappe. Mit Fell so schwarz wie die Nacht.« »Du und deine Pferde …«, grummelte der Bursche, wobei er konzentriert auf den Eisenhaken sah, ohne sich ablenken zu lassen. »So ein schöner Rappe.« Ida sprang ans Bootende, lehnte sich weit vor, streckte ihre Hand aus. »Es kommt zu uns, Fero.« Die Blätter des Weidenbaums rauschten. »Sieh doch!« Der Junge hob den Blick, ließ seine Angel fallen. Ein stattlicher schwarzer Hengst mit wallender Mähne stand wenige Meter vor dem Boot und schabte leicht mit den Hufen. Die Augen glichen weißen Sternen. *Platsch!* »Fero!«, kreischte das Mädchen aus voller Kehle, wirbelte panisch im Wasser herum und schnappte nach Luft. Der Hengst löste sich auf. Der Bursche fuhr hoch, versuchte nach ihrer Hand zu greifen, aber etwas zog sie nach unten. Ohne zu zögern, folgte er dem Mädchen ins Nass. Das Wasser rauschte in seinen Ohren. Fero erschrak, als er sah, was Ida gepackt hatte. Doch der Bursche war ein passabler Schwimmer, was das dickbäuchige, gehässige Wesen augenblicklich bemerkte, als die Dolchklinge rasch in die von Warzen überzogene Haut stach. Aus tiefgrünen Krötenaugen, die einem Tümpel gleichkamen, stierte es den Jungen an, außerstande zu glauben, was passiert war, zuckte es zusammen und ließ Ida los, worauf Fero sie rasch packte und mit ihr hoch schwamm. Der Himmel war bereits ein einziges Flammenmeer, als sich die Müllerskinder an das Ufer des Weidenbaumes zogen. Kurz darauf hörten sie das Klirren eines Harnisches.

Kapitel 3

Die wandelnden Geister

Etwas packte sie grob am Kragen, zog sie weit vom Ufer. Der Dolch fiel zu Boden. Fero wehrte sich, kämpfte, drückte seine Stiefel in den weichen Moosboden. »Lasst uns los!«, rief der Bursche. Doch der Griff wurde stärker. Am Weidenbaum ließ man sie, wie einen nassen Sack fallen. »Erzürne niemals einen Nöck …«, bemerkte der Ritter eisig, als er nach dem Schwert griff und es sich umband. Lange Leinenstreifen waren fest um den Griff gewickelt, das ein ziehen, der Klinge unmöglich machte. »Einen Nöck?« Fero richtete sich auf, strich sich die nasse Bundhaube vom Kopf. »Die hat es hier seit vielen Jahren nicht mehr im Tal der Seen gegeben …« »Ja schon seit vielen Jahren nicht mehr, Herr Ritter …«, wiederholte Ida, doch stockte als große, grüne Augen aus dem Wasser ragten. Der blaue Mantel des Ordensritters wehte leicht im Wind, als er ans Ufer trat. Umgehend tauchten die Augen ab. »Wer seid ihr?«, flüsterte der Müllersjunge vorsichtig, doch mit Mut in der Stimme. Sofort schob er Ida hinter sich und betrachtete den silbernen Harnisch, der in der untergehenden Sonne schimmerte. »Seid ihr der Verräter, der den Orden ausgelöscht hat? Der unseren Herren des Sees mit einem einzigen Klingenstich zu Fall brachte?« »Erzählt man es sich so?« »Viele glauben es hier ...« »Und was glaubst du?« Der Ritter stand nach wie vor mit dem Rücken zu Fero gewandt. Man hörte ihn etwas zum Wasser hinmurmeln, das wie ein Gebet klang, dann streckte er die Hand aus. »Ich weiß es nicht, ... doch ich traue euch nicht«, antwortete der Bursche. »Warum solltest du auch ...«, flüsterte der Ritter, doch mehr zu sich selbst. Auf dem Wasser bildete sich leichter Dunst, der über die Ufer trat. »Was ist mit dem Nöck?«, fragte Fero, als er den seichten Nebel sah. »Ich habe ihn auf den Grund des Sees gebannt. Seine Macht wird dort schwinden.« Plötzlich schob sich das Mädchen an Fero vorbei, ging langsam auf den Ritter zu und betrachtete mit großem Interesse den blauen Mantel, der über seiner Schulter hing. »Ich will es nicht glauben ...«, sagte das Mädchen. »Ich glaube nicht an die Gerüchte des Tals.« Der Ordensritter senkte den Blick zu ihr. Er begann in einem Beutel zu kramen und zog einen Anhänger heraus, dessen Stein, dem Wasser glich. »Ein Schutz gegen wandelnde Geister.«, erklärte er. »Möge es dir auf deinen Wegen eine

Hilfe sein.« Das Mädchen nahm das Geschenk des Ritters dankend an, betrachtete den Stein voller Ehrfurcht, als sie den Weg zur Wassermühle einschlugen.

Nenne es beim Namen. Sage mir was es ist. Verräter. Das ist es, was du bist. Das Schwert, es glüht in meiner Hand. Die Reihen ausgelöscht wie im Bann. Die Geister, sie kommen. Wandeln ins Tal. Sei still. Dein Betteln will niemand hören. Du bist eine Schande. Eine Schande für alle. Und gebe zu es zerreißt dich, das sehen zu müssen. Ich weiß nicht, wovon du sprichst ... Ich höre deine Worte nicht. Dann sei blind für alles, was du je geliebt. Höre mir zu und vergib!

Und so versank der Ordensritter in der Wasserspiegelung, umgeben vom Rauschen der Blätter des Weidenbaumes.

Kapitel 4

Die blaue Blume

Die Menschen auf dem Marktplatz wandten sich nach ihm um, bedeuteten ihn mit misstrauischen Blicken. Hunde knurrten ihn an, fletschten die Zähne. Händler, die ihre Angebote feilboten verstummten. Ein unübliches Bild. Doch dem Ordensritter kümmerte es nicht. In gewohnt erhabener Manier, betrachtete er die verschiedenen Waren in den Auslagen der Krämer. »Bleib dicht bei mir, Ida«, zischte Fero, während er das Rückgeld in seiner Hand zählte. »Zwei, vier, sechs Münzen. Wir könnten uns davon noch eine warme Suppe kaufen … hey, hast du gehört?« Der Bursche stupste seine Schwester an die Schulter, die verträumt auf den Anhänger sah. »Wenn du mir nicht zuhörst, nehme ich dir die Kette ab …« »Nein, nicht …« Das Mädchen wich einige Schritte zurück, drückte den Stein an sich, als er kurz daran schnippte. »Dann hör auf mich.« Fero hievte den Sack auf den Rücken. «Sieh nach, ob wir alles haben. Die Rüben sind schwer.« Umgehend sah Ida auf das Stück Pergament, dann nickte sie wortlos. »Na dann …« Der Bursche lief einige Schritte vor, worauf er seine Schwester mit einem Blick bedeutete. »Komm. Ich verhungere gleich.« Das Mädchen lächelte, eilte Fero nach. Nebenbei zupfte sie eine blaue Blume, die allein und verwildert zwischen den Marktständen wuchs. An einem Stand, an dem, über eine breite Feuerstelle ein Kessel brodelte, blieben sie stehen. »Was darf's sein?« Das Gesicht der kräftigen Frau warf tiefe Falten. »Ach ihr seid es.« Ihre Miene erhellte sich. »Fero. Ida. Verzeiht die Gewürze vernebeln mir die Sinne. So wie immer?« Die Müllerskinder nickten wohlerzogen. Nachdem der Bursche ihr das Geld in die Hand gedrückt hatte, wurden sie bereits von einem graumelierten Mann in langer Robe herbeigewunken. »Fero, mein Junge.« Herrand fasste ihn auf die Schulter. »Ist es wahr, dass sich dieser Verräter an einem der Bäche in der Nähe eurer Mühle niedergelassen hat?« Der Bursche stimmte mit einer wortlosen Geste zu. »Und was sagt dein Großvater dazu?« »Er hofft, das die Herrin der Anhöhe, ihren Zorn gegenüber dem Tal vergisst.« »Das wäre nur wünschenswert«, zischte der Prediger. »Der einzig verbleibende Ritter des blauen Ordens und er stellt sich gegen seine Brüder. Wer soll nun das Tal gegen die wandelnden Geister schützen?« Herrand lehnte sich geheimniskrämerisch vor.

»Stehlen müsste man es.« »Stehlen?« »Das Bannschwert.« Seine Augen funkelten. »Mächtige Magie wohnt darin, das die gierigen Geister der Anhöhe zu bändigen vermag. Selbst ein Nöck, kann sich dem Stich dieses Schwertes nicht entziehen.« Die Miene des Predigers wandelte sich, wurde nachdenklich. »Es bleibt abzuwarten, bis er das Gleiche mit uns macht, was er dem Orden angetan hat, Fero. Wir sollten gewappnet sein.« So in das Gespräch versunken, hatte es der Müllersbursche gar nicht bemerkt, dass Ida nicht mehr bei ihm stand. Es dauerte nicht lange, bis er sie zwischen den Leuten, beim Ritter entdeckte. In der ausgestreckten Hand, die gepflückte blaue Blume, die sie ihm schüchtern reichte.

Kapitel 5

Das tückische Wasser

Die Mühle mahlte. Draußen klapperten die Räder, was die Vögel in den Baumwipfeln aufschreckte. Feiner Mehlstaub wirbelte in der schmalen Mahlkammer auf. Fero wischte sich den Schweiß von der Stirn, als er nach dem nächsten Getreidesack griff. »Wie sieht es aus mein Junge?« Der Müller betrat die Kammer. »Kommt ihr voran? Der Bäcker fragte mich bereits nach der Lieferung. Wir müssen uns sputen.« »Das war der letzte, Großvater«, sagte Fero, während er das Weizenspreu in den Mahlgang schüttete. »Doch wenn Ida konzentrierter gewesen wäre, hätten wir es weitaus schneller geschafft.« Der Müller sah zu seiner Enkelin, die damit beschäftigt war, die Säcke festzuschnüren. Dabei glitt ihr Blick immer wieder zu einem Buch, das ausgebreitet auf einen zurechtgerückten Stuhl lag. »Das geht schon die ganze Zeit so …«, bemerkte der Bursche wenig begeistert, zog die Handschuhe aus und betrachtete einen feinen Schnitt am Zeigefinger. »Eben hat sie mir die ganze Geschichte vom Herren des Sees und der Herrin der Anhöhe vorgelesen. Als, wenn ich sie nicht kennen würde. Den ganzen Morgen ist sie schon so fahrig.« Umgehend reckte Ida den Kopf über die Mehlsäcke, wobei sie kurz nieste. »Großvater, Großvater!«, rief das Mädchen und schniefte. »Der Herr des Sees ließ vor vielen Jahren, die ersten Ritter aus Wasser entstehen, gab ihnen Magie und unerschütterliche Willenskraft. Die Herrin der Anhöhe nutzte die Erde und schenkte ihren Rittern Standfestigkeit und Stärke, um der Magie des Herren zu widerstehen.« »Ida es reicht jetzt.« Fero warf die Handschuhe auf einen kleinen Ecktisch, ging auf seine Schwester zu, blickte sich um. »Das ist, was du in der ganzen Zeit geschafft hast? Fünf Säcke?« Das Mädchen wich zurück, klappte das Buch zu und drückte es an sich. Farbe schoss in ihre Wangen. »Gib es mir …«, forderte der Bursche. «Großvater verlässt sich auf uns. Der Bäcker wartet auf sein Mehl. Und wir kommen kaum voran, weil du deine Nase in diese Geschichten steckst … Gib mir das Buch zusammen mit der Kette …« Ida schüttelte kräftig den Kopf und sah zum Großvater. »Es braucht ja nicht für lange sein, Kind. Nur für ein, zwei Tage«, erklärte der Müllersmann. »Komm gib es deinem Bruder.« Nach einem Moment des Zögerns reichte sie es ihm schließlich. »Du bist doch nur beleidigt, Fero …«, sagte das Mädchen plötzlich bitter und sah zu ihren Füßen. »Weil dich der Orden nicht aufgenommen hat. Damals als sie ins Tal kamen und nach Schildknappen suchten« »Da gab es auch noch keinen Verräter …« »Du wolltest doch mal so sein wie sie - wie ein Ritter von See. Weißt du nicht mehr?« »Ida …«, unterbrach Fero streng, was sie aufsehen ließ. »Genug jetzt.« »Es ist die Wahrheit, …« »Seit mal kurz still, Kinder.« Der Müller hob jäh die Hand, horchte. »Hört ihr das?« »Was meinst du?« Fero sah den Müller verwundert an. »Dieses Rauschen. Wie Wasser das irgendwo eindringt.« Kurz darauf sog Ida laut Luft ein. »Großvater, Großvater! Die Mehlkammer!« Sie deutete auf eine breite Pfütze, die sich unter dem Spalt der Tür bildete. Der Müller donnerte die Kammer auf. »Der ganze Vorrat.« Er schlug die Hände über den Kopf. »Alles weg, hinüber …« Das Wasser reichte ihnen längst bis zu den Stiefelschächten. Der Müller sank in sich zusammen, die Kinder wurden wie erstarrt. Und der Pegel stieg, langsam und kontinuierlich weiter.

Kapitel 6

Das unbescholtene Seenvolk

Am Grunde des Sees, versteckt vor den Augen der Menschen, rieb sich das dickbäuchige, gehässige Wesen die Hände. Die Barriere begann schwächer zu werden. *Fero. Giftiger, gieriger Müllersbursche,* zischte der Nöck. *Komm zum See. Komm.* An Land gab es nichts was das Wasser aufhalten konnte. Der Müller zog den Vorsteher zurate, als die unzähligen Eimer keine Abhilfe mehr schafften. Es dauerte nicht lange bis das ganze Tal davon erfuhr. Mit Verwunderung stellten die Bewohner fest, dass der Pegel des großen Sees unaufhaltsam stieg. »Es ist der Ritter«, rief der Prediger Herrand, dem Vorsteher zu, als er auf die Gestalt deutete, die am Ufer des Bachs kniete. »Er hetzt den See gegen uns auf, will uns in den Fluten ertränken. So wie er es mit dem Orden gemacht hat. Er muss für seine abscheulichen Taten büßen. Nur wir können den Verräter noch aufhalten.« Die Bewohner munkelten, murmelten und schließlich stimmten sie ihm zu. Darunter der aufgelöste, alte Müller. »Nehmt ihm das Schwert.«, pflichtete er dem Prediger bei. »Bevor ich meine geliebte Mühle auf dem Grund des Sees wiederfinde.« »Nein, hört auf!«, rief Ida und sprang vor. Doch Fero hielt sie zurück. Der Prediger trat an den Ritter heran, betrachtete ihn für eine Weile. »Seht ihn euch an, wie er ins Wasser starrt, sinnierend im Geiste; verloren im Monolog. Er wird es noch nicht einmal bemerkten, das seine mächtigste Waffe verschwunden ist.« Doch so ganz ging der Plan des Predigers nicht auf. Gerade als er den Griff des Schwertes berührte, hielt der Ritter in seinem murmelnden Monolog inne. »Was tut ihr da?« »Dem Verräter die Macht nehmen …«, zischte der Prediger. »Dazu seid ihr fähig?« »Ich schütze unser wunderschönes Tal, vor ihrer zerstörerischen Magie.« Allmählich erhob sich die Gestalt vom Ufer, wandte sich Herrand zu, der zurückwich und rasch nach der Klinge griff, die am Baum lehnte. »Ich bin Nevan.«, sagte der Ritter ruhig, als er die Blicke der Bewohner sah. Eine blaue Blume steckte an seinem Schwertgurt. »Der Vierte der Fünf Hochmeister des blauen Ordens von See. Wächter des Herren von See und Beschützer des Tals.« »Und doch ein Verräter«, fauchte der Prediger. »Spare dir deinen Stolz. Wir haben von dir gehört. Von dir und deinen grausamen Taten. Sieh dir den See an! Sie hin! Das Wasser steigt und du kniest untätig daneben.« »Der Nöck wurde herausgefordert. Das Wasser wird steigen, bis sein Groll das Tal vollkommen überschwemmt hat. Allein der Stich meines Schwertes vermag ihn jetzt zu töten. Doch vorerst muss der Bann, der ihn am Grund des Sees hält, schwächen.« »Woher können wir sicher sein, das dies die Wahrheit ist, edler Ritter und nicht ein erneuter Verrat? Ein so gewissenhaft verbundenes Schwert, sagt mir, dass ihr dem Kampf abgeschworen habt.« Die Stirn des Predigers warf Falten. »Nehmt es ...«, sagte Nevan nach einem Moment. »Nehmt das Schwert, als Beweis für meine Treue. Doch lasst euch gesagt sein, unbescholtenes Seenvolk ... die Magie darin ist mächtig und zügellos. Die Klinge muss versiegelt bleiben.«

Kapitel 7

Der Herr von See

Die Vorhänge wehten. Ein kühler Luftzug brachte die Kerze zum Flackern. Fero lag in seinem Bett, als er in Idas Buch blätterte. Ausgeschmückte Geschichten vom blauen Orden, die verziert waren mit opulenten Zeichnungen. Darunter die Fünf Hochmeister, die der Ritter nannte. Des Herrn von Sees treuergebene Leibgarde, welche die fünf mächtigsten Bannschwerter führten. Ernannt und erwählt durch den Fürsten selbst. Nur wer über eine ausgesprochen hohe Willenskraft verfügte, konnte der Macht des Schwertes standhalten und die Geister bannen. So stand es geschrieben. Fero blätterte weiter. Es war die letzte Nacht in der Mühle. Das Wasser rann unaufhörlich. Das Schöpfen hatte der Bursche längst aufgegeben. Seine Gedanken kreisten um das Schwert. Er hatte den uralten Wassergeist herausgefordert. Wenn er den Nöck erschlagen würde, dann wäre die Mühle und das Tal gerettet. Fero drehte den Anhänger zwischen seinen Fingern. Er konnte ihn hören. In den Tiefen des großen Sees flüsterte der Nöck seinen Namen. *Fero ...*

Komm. Komm zum See. Ein eiskalter Hauch fuhr über seine Haut. Der Müllersjunge klappte das Buch zu, rutschte aus dem Bett, schlüpfte in seine Stiefel und entzündete eine Öllaterne. Der Entschluss stand fest. Der Bursche schob das Heu im Bettkasten beiseite und holte einen länglichen Leinenbeutel hervor, den er aus dem Haus des Predigers entwendet hatte. Leise watete er durch das kniehohe Wasser, vorbei am Großvater, der umgeben vom eisigen Nass, auf einem Tisch eingeschlafen war. Doch gerade als der Bursche die Mühle verlassen wollte, schob sich eine kleine Gestalt in den Lichtkegel der Öllampe. »Wo willst du hin?« Ida stellte sich ihm in den Weg. »Das geht dich nichts an …« Der Bursche drückte sie beiseite. »Du willst zum See …« Das Mädchen versteinerte, als sie den Leinenbeutel sah. »Das Schwert …«, stammelte sie. »Das darfst du nicht.« »Es bleibt uns nur das, Ida. Ich werde tun, was dieser Verräter nicht schafft.« Als er die Mühle verließ, folgte sie ihm in die Schwärze der Nacht. Nebel stieg vom See auf. Die Müllerskinder schoben das Boot ins Wasser, kletterten hinein. Doch je weiter sie hinaustrieben, desto dichter wurde er. Unablässig hörte Fero den Nöck flüstern. *Komm. Komm näher.* »Hörst du ihn, Ida?« Das Mädchen schüttelte wortlos den Kopf, zog den

Überwurf zurecht. »Hör genau hin.« »Ich höre nichts, Fero. Bitte lass uns zurück. Es ist kalt.« Doch der Bursche schwieg, starrte unbewegt auf die Wasseroberfläche. Die Blätter des Weidenbaums rauschten. Der See wurde seltsam unruhig, bis plötzlich tiefgrüne Augen auftauchten. »Verschwinde!«, rief der Bursche, worauf er zum Schwert griff. Doch keinen Zoll ließ es sich ziehen. Das Boot schwankte. Der Nöck nutzte diesen Moment, packte den Burschen und zog ihn ins Wasser. Ida schrie. Fero strampelte, hielt den Atem an, hantierte panisch an den festen Knoten herum und wehrte sich heftig als der Nöck ihn auf den Grund ziehen wollte. Doch schließlich. Der Knoten brach. Der Bursche zog die Klinge und erschlug mit einem kraftvollen Stich den Nöck. Dann kam Stille, gefolgt von der Schwere, die durch seinen Körper schoss. Wasser rauschte in seinen Ohren. *Fero,* durchbrach es plötzlich die Stille. Es bebte. *Tapferer Müllersjunge. Du ließest dich nicht täuschen. Höre meine Stimme. Höre mich an. Ich bin der Herr von See. Du hast meinen Dank.*

Kapitel 8

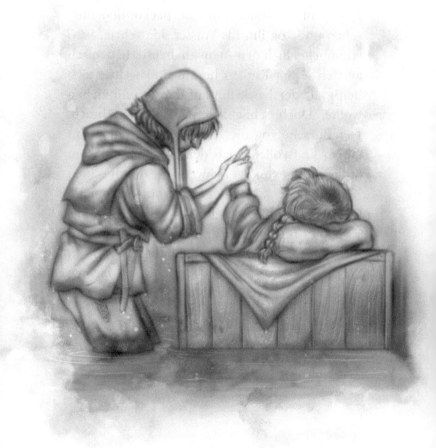

Der törichte Müllersjunge

Die Schwere löste sich. Die Stimme verschwand. Und mit ihr das Gefühl der Stille. Umgehend schnappte Fero panisch nach Luft, schwamm zur Oberfläche und tauchte auf. Das Boot schwankte, als er hineinkletterte und seine Bundhaube vom Kopf zog. »Es ist getan, Ida!«, sagte der Bursche stolz, spuckte Wasser aus und wischte sich die Tropfen aus dem Gesicht. »Ida?« Doch das Mädchen antwortete nicht. Es war mit dem Kopf auf der Kante eingeschlafen. »War ich so lange weg?« Er drehte sie vorsichtig zu sich, hob den Kopf an. »Wie kannst du jetzt schlafen? Hey kleine Ida ... wach auf ... hörst du mich?« Doch das Mädchen rührte sich nicht. Selbst als er versuchte sie wach zu rütteln. Allein ihr flacher Atem war zu hören. Der Bursche verlor keine Zeit. Umgehend ruderte Fero zum Ufer, band sich das Schwert um und trug Ida in die Mühle. »Was zum?« Voller Verwunderung betrachtete der Müller Idas reglosen Körper, als Fero durch die Tür stürmte und das Mädchen in einem Bett ablegte. »Was ist geschehen?«, fragte der Großvater. »Ich habe den

Nöck mit dem Schwert des Ritters erschlagen.«
Der Bursche schluchzte, ließ sich ins stehende
Wasser nieder und griff nach der Hand des
Mädchens. »Ich war im See. Und sie war bei
mir. Es tut mir so Leid, das ich nicht auf dich
gehört habe, Großvater. Es tut mir so unendlich
Leid.« »Was ist mit ihr?«, fragte der Müller leise
und fasste seine Schulter. »Was ist mit unserer
kleinen Ida?« »Ich weiß es nicht. Sie wacht ein-
fach nicht auf …« Behutsam strich Fero, ihr
eine Haarsträhne aus der Stirn. »Es ist alles
meine Schuld.« In diesem Augenblick wurde
die Tür aufgeschlagen. Wind zog hinein. Das
Licht brach sich an einer Gestalt in einem silbernen Harnisch, dessen Schulterstück ein
blauer Mantel zierte. »Törichter Müllersjunge.«
Die Gestalt zog den Kopf beim Rahmen ein,
kam auf Fero zu, der vor Schreck ins Wasser fiel
und panisch zurückwich. Der Müller wurde so
bleich wie sein Mehl und drückte sich an die
Wand. »Gib mir das Schwert...«, befahl der Ritter. Doch der Bursche zögerte, betrachtete es an
seinem Gürtel. »Ich kann ihr helfen, …«, sagte
Nevan ruhig. »Du musst es mir nur geben.«
Vergeblich versuchte Fero im Schatten des offe-
nen Visiers eine Silhouette zu erkennen. Trotz
der Angst, trotz des Zorns, reichte er es dem
blauen Hochmeister schließlich. Die Zeit gefror,

als der Ritter das Schwert zog, es vor sein Gesicht hielt und eine geheimnisvolle Formel zur Klinge flüsterte. Es schimmerte auf. Der Raum wurde in ein tiefes, dunkles Blau getaucht, als er langsam die mächtige Klinge schwang. Die Mühle bebte. Erneut murmelte er etwas in einer seltsamen Sprache. Dann schnellte die Klinge plötzlich zu Ida hinab. »Nein! Hört auf!« Fero sprang dazwischen, hob die Hände, doch wurde von der Macht zu Boden gedrückt. Erst jetzt, nahm der Müllersbursche wahr, das die Klinge im Hieb jäh zu Wasser wurde und nun einer Strömung glich. Diese Erscheinung manifestierte sich so rasch, dass es für den Verstand kaum greifbar war. Grauer Nebel stieg vom blassen Mädchen auf. Doch widerwillig und zäh. Der Ritter vollendete den Schwung, indem er die Klinge wieder zu sich zog, mitsamt dem absonderlichen Dunst, der sich von Ida gelöst hatte. Seine Hände zitterten. Mit ungeheurer Kraft versuchte er, den Nebel zu bändigen. »Lass los!«, rief der Ritter. »Lass sie los!« Die Mühle bebte.

Kapitel 9

Die bindende Schuld

Das Schwert fiel zu Boden. Ida erwachte nicht. »Was ist mit ihr?« Der Müller kam vorsichtig näher. »Was haben sie mit ihr gemacht?« Der Ritter kniete sich zum Mädchen, legte seine Hand auf ihre Stirn, murmelte ein paar unverständliche Worte. »Sag mir was du siehst …«, flüsterte er dann sanft. »Der Herr von See in seinem schönen Gewand.«, begann das Mädchen leise. »Eine Krone ziert sein weißes langes Haar. Er winkt mich zu sich … Er spricht mit mir.« »Was sagt er?« »Das ich aufpassen soll.« »Wieso?« »Weil der vierte Hochmeister seine Macht will … Er will sie um jeden Preis. Die Menschen dürfen ihm nicht trauen.« Nevan schwieg. »Herr Ritter …« »Hm?« »Der Herr sagt, dass er das Seenvolk vor dem Hochmeister schützen wird.« »Schlaf nun, Müllerskind.« Er strich sacht über ihre geschlossenen Augen. »Schlaf und ruhe dich aus.« Die Aufmerksamkeit des Ritters glitt allmählich zum Hals des ruhenden Mädchens. »Wo ist der Anhänger?« Sein Visier blitzte, als er sich zu Fero wandte. »Törichter Müllersjunge.« Der Hochmeister griff nach dem Stein, betrachtete ihn für einen Moment, bis er die Kette abzog und dem Mädchen umlegte. »Was hat sie gesagt?«, flüsterte Fero trüb. »Wie fühlt sie sich?« »Die Kraft meines Schwertes reicht nicht aus.«, erklärte Nevan. »Einen Teil ließ sich zurück in die Klinge bannen. Doch der andere ist zu mächtig. Meine Fähigkeiten sind geschwächt. Doch es gibt einen anderen Weg.« Der Müller und Fero warfen sich unsichere Blicke zu. »Das heißt sie können ihr nicht helfen?« Der Bursche richtete sich schleppend auf, fuhr sich durch die dunklen Haare. »Vorerst nicht. Nein. Dennoch sollte der Anhänger seine Macht eindämmen.« »Wer ist er?«, fragte der Großvater vorsichtig. »Welcher Geist hat sich ihrer bemächtigt?« Doch Nevan antwortete nicht. Er nahm sein Schwert auf, steckte es zurück und rückte den Gurt zurecht. »Was bedeutet vorerst nicht?«, knurrte Fero. »Ich will das ihr geholfen wird. Jetzt.« »Der Geist ist zu mächtig.« »Sie sind ein Hochmeister des blauen Ordens. Leibgarde des Herren von See. Wie kann ein Geist zu mächtig sein?« »Fero …« Der alte Müller hielt ihn an der Schulter zurück, als er sich vor dem Ritter aufbaute. »Sie hat ihnen vertraut.« Fero senkte dem Blick zum Schwertgurt, an dem die Blume steckte. »Bedeutet ihnen das denn gar nichts?«

»Lass gut sein, Junge. Bitte verzeihen Sie das unbeherrschte Verhalten meines Enkels, Hochmeister Nevan. Ich bitte sie. Helfen Sie meiner Enkelin …« »Ich werde den Geist, der das Mädchen heimsucht, bannen, Müllersmann. Ich gebe euch mein Wort.« Nevan neigte taktvoll den Kopf. »Haltet sie, solange ich fort bin, von Wasser fern. Flüssigkeiten sollten nur über die Nahrung aufgenommen werden. Dennoch verlange ich für meine Mühen einen Preis.« Der Hochmeister wandte sich zu Fero. Sein Visier blitzte. »W-Was?« Der alte Müller sah den Ritter erschrocken an, wurde bleich, ehe er heftig den Kopf schüttelte. »N-Nein, ich bitte sie. Nicht Fero … Ich brauche den Jungen in der Mühle. Das Mehl, die Lieferungen, ohne ihn schaffe ich das nicht. Lassen sie ihn mir.« »Der Junge steht in der Schuld des Ordens, Müllersmann … Eine, die ihn, an mich bindet.« »Ich werde mitgehen, Großvater.« »Nein. Fero.« Der Müller drückte seine Schulter. »Ich bitte dich, Junge. Tu das nicht.« »Es bleibt uns nur das, Großvater …«

Kapitel 10

Die kleine Baumquelle

Nevan trat in den Vorhof der Mühle. Sterne funkelten am Himmelzelt. Fero schloss zu ihm auf, schulterte Lederrucksack und rückte den Dolch am Gürtel zurecht. Die Anspannung stand dem Burschen deutlich ins Gesicht geschrieben. Die grünen, wachen Augen, hinter der staubigen Bundhaube, waren von Sorge gezeichnet. Der alte Müller, der im Rahmen der Tür stehen geblieben war, winkte seinem Enkel zum Abschied zu. Der Ritter zog derweil eine kleine Phiole mit blauem Verschluss aus der Gürteltasche, streckte die Hand und ließ ein, zwei Tropfen auf die Innenfläche seines Handschuhes träufeln. Die Räder der Mühle klapperten und drehten sich. Der große See schlug seichte Wellen, die an die Ufer drangen. »Was soll das?« Fero zog sogleich den Dolch, hielt ihn mit beiden Händen. »Hören sie auf damit! Hören Sie auf das Wasser gegen uns aufzuhetzen ...« Doch umgehend gefror der Bursche, ließ den Dolch sinken, als er sah, dass sich plötzlich zwei stattliche Pferde dem Vorhof näherten. Eines schwarz wie die Nacht, stolz und mit langer wallender Mähne. Es glich der Illusion am Abend auf dem großen See. »Asil«, erklärte Nevan, als das Pferd den Kopf an seine Schulter drückte. »Es gibt kaum eine treuere Seele.« Das Zweite kam heran. Ein Hellbraunes Tier mit weiß durchzogener Blesse. Es blieb vor dem Müllersburschen stehen, schnaubte, schabte mit den Hufen. »Tornie ...« Der Ritter klopfte es am Hals. »Das Pferd meines vormaligen Schildknappen.« Seine geruhsame Stimme verlor etwas an Kraft. »Auch wenn sie manchmal etwas eigensinnig sein mag, ist auf sie Verlass. Behandle sie gut, Müllersbursche.« Nevan reichte ihm die Zügel. »Zeige ihr, das sie dir vertrauen kann ...« Dann ritten sie die Straße hinauf. Erst langsam, damit Fero ein Gefühl für Tornie bekam, die immer wieder stur stehen blieb, um ihren unsicheren Reiter abzuwerfen, der sich in den Sattel krallte und laut fluchte. Kurze Zeit später ritt Nevan voran. »Spute dich, Müllersjunge«, rief er dem zurückfallenden Fero zu. Sein Umhang wehte. Der enge, morastige Pfad führte sie zwischen den Dörfern der Seen. Fackeln beleuchteten die Straße. Der Ritter jagte durch die Nacht, worauf Fero kaum nach kam. Der kühle Wind peitschte ihm ins Gesicht. Als sie die Seenlande hinter sich ließen, ging es durch den dichten Wald, der das

Tor, zur grünen Anhöhe der Herrin war. Es dämmerte bereits. Die ganze restliche Nacht waren sie durchgeritten. Schnell und rauschend. Die Sonne blitzte bereits durch die Wipfel der moosbewachsenen, hohen Tannen, in denen Vögel ihre Lieder sangen. Der Müllersjunge atmete auf, als der Ritter endlich sein Pferd zügelte. »Hier werden wir laufen.« Nevan stieg ab, führte sein Pferd abseits des Pfades, hinein in den Wald. Fero folgte dem Hochmeister. Dabei fielen dem Burschen, die ungewöhnlich vollen Satteltaschen Asils auf, die von einem aufgerollten Stück Stoff verdeckt waren. Vor einem Baum, dessen starke Wurzeln eine Mulde bildete, blieb der Hochmeister plötzlich stehen. Eine von Algen durchzogene, kleine Quelle lag darin. Steine waren mit eigentümlichen Eingravierungen verziert, auf denen eine ungewöhnlich große Kröte quakte. An niedrigen Ästen hingen kleine Töpfe mit rankenden Kräutern. Der Geruch vom morschen Holz lag in der Luft. »Enya …« Der Ritter hockte sich hin. »Kleine, gute Quellnymphe, ich suche deinen Rat.« Die Kröte sprang ins Wasser. Unter einem Seerosenblatt tauchten nun zwei große schwarze Augen auf.

Kapitel 11

Die gebündelte Macht

»Eine Quellnymphe ...«, erklärte Nevan leise.
»Im Gegensatz zum Nöck. Sind sie den Menschen allgemein gutgesinnt. Können sogar ihrem Wasser heilende Kräfte verleihen, wenn sie vertrauen.« Fero trat näher, hockte sich neben den Ritter, doch die Augen tauchten plötzlich ab. »Gib ihr etwas ...«, zischte Nevan. »Etwas das ihr nützlich ist ...« »Und was könnte das sein?« Der Bursche sah an sich hinab, wühlte in seinen Taschen. Überraschend tauchten die scheuen Augen nah bei ihm auf, betrachteten neugierig die Haube, die er auf den Kopf trug. »Die Müllershaube?«, flüsterte Fero, worauf die Nymphe leicht nickte. Als der Bursche ihr vorsichtig die Kopfbedeckung reichte, schwamm sie zu einem Ast, der leicht über die Quelle ragte, füllte den Stoff mit der Erde des Ufers und band sie zu den anderen Töpfen. »Ich brauche deinen Rat, Enya ...«, begann Nevan erneut. »Ein Menschenkind wurde von einem mächtigen Wassergeist heimgesucht. Doch meine Magie ist geschwächt ...« Die Nymphe schwamm zum Ufer, trat zurückhaltend heraus

und setzte sich auf die Erde. Eine Seerose zierte ihr grünes Haar. »Die Herrin, Hochmeister …«, hauchte Enya, während sie mit einer Hand im Wasser spielte. »Die Herrin der Anhöhe …« »Was muss ich tun …« »Nehme ihre Gabe an … Werde zu dem, was dir bestimmt ist. Ein Hochmeister beider Mächte.« Der Ritter betrachtete den blanken Wasserspiegel, beugte sich näher. »Die Zeit ist nah, Hochmeister. Sie hin …« Die Nymphe ließ ihre Hand langsam im Wasser kreisen. »Sieh hinein … Du bist stark genug, die Mächte zu bündeln …« »Was meint sie damit?« Der Bursche sah den Ritter verwundert an. »Was zeigt sie Dir? Was ist mit meiner Schwester?« »Wir müssen umgehend aufbrechen …«, murmelte der Ritter plötzlich, hob den Blick zur Nymphe. »Enya, ich danke dir.« Der Geist gluckste, spielte mit dem Haar, das lang über ihre Schulter fiel. Nevan stand auf, lief zu Asil und zurrte den Sattel stramm, während er ein paar seltsame, tiefe Worte murmelte. Leichter Regen setzte ein. Ein aufkommender Wind ließ die Blätter rauschen. »Die Berge der Herrin sind steil, die Wege schmal.« Der Ritter klopfte dem Pferd leicht den Hals. »Im übrigen wachen Erdriesen über die Heimat des Gebirges. Halt dich also an mich, wenn du ankommen willst.« »Wieso willst du die Kraft der Anhöhe? Die Herrin hasst das Seenvolk ...« Fero trat zu ihm, sah ihn düster an. »Und wofür sind diese ganzen Bannschwerter?« Der Bursche schob den aufgerollten Stoff über den Satteltaschen beiseite. Doch der Ritter schwieg, führte sein Pferd wortlos auf den morastigen Waldpfad zurück und stieg auf. Dem Burschen blieb nichts weiter übrig, als dem Hochmeister zu folgen. Ein Unwetter zog über das majestätische Gebirge herauf. »Sie werden über uns richten, ...« »Was?« Fero stieg auf. »Besonders über dich, ...« Nevans Blick verharrte auf ihn.

Der vierte Hochmeister. Er kommt ... Regen zieht auf. Zieht auf ... Was will er? Er kommt, um sich zu holen, was sein ist. Er kommt. Der Herzbringer. Der Abtrünnige. Der, welcher seinen Herren verraten hat. Die Erde bebte. Das Flüstern wurde stärker. *Doch er ist nicht allein. Nicht allein. Seht ... Ein Kind des Seenvolk ist bei ihm. Seht hin ... Frisch beschenkt mit der Gabe des Seenherren ...*

Kapitel 12

Der steinige Pass

Hufe peitschten Wasser auf. Fero wischte sich die Tropfen aus der Sicht. Massive Felshänge ragten über den steilen, sich windenden Gebirgspass, aus dem Wasserfälle entsprangen. Ein tiefes Donnern hallte durch den Regen. Fero trieb Tornie weiter an, versuchte zum Ritter aufzuschließen. *Wer ist das Seenkind? Was will er?* Dunkle Stimmen kamen aus dem Berg. Geröll löste sich von den Hängen. *Der vierte Hochmeister ist bei ihm ... Nevan ist da ... Der Herzbringer. Der Abtrünnige ...* Fero weichte den herunterfallenden Felsbrocken aus, die kurz vor ihm aufschlugen. *Ein neuer Diener des Herren von See ... D*er Berg zitterte. *Wieso Hochmeister?* Große Brocken rollten hinab, die Bäume entwurzelten. Hinter ihm kam plötzlich Bewegung auf. Etwas Gewaltiges schälte sich aus dem Gestein, eine Lawine aus Brocken rieselte in die Tiefe. Fero zog den Kopf ein, als ein Geröllblock nur knapp sein Haupt verfehlte. »Nevan!«, rief der Bursche, hob den Blick zum Ritter, doch erstarrte. Vom steilen Berghang erhob sich ein massiger Erdriese, riss Bäume aus und schleuderte sie auf den Ritter hinab. *Wen bringst du uns, Hochmeister? Wer ist dieser Seewurm?* Die Erde erzitterte. *Wieso versteckst du ihn im Wolkenbruch? Ist es etwa der Herr selbst?* »Lasst uns passieren!« Nevan wich den Stämmen geschickt aus, zügelte Asil rasch vor einer Wegbiegung, die metertief in eine Schlucht führte. Der Regen wurde stärker. Der Riese zuckte zusammen, hielt in seinem Wurfspiel inne und verdeckte seine Augen. *Lass den Regen, … Lass es sein, Hochmeister.* Donnerte es. Die Hände des Riesen ließen plötzlich die Stämme los. Das Holz rollte, sprang am Gestein ab und raste auf Fero zu, der geradeso ausweichen konnte. Keinen Augenblick später bebte es hinter ihm. Die Erde brach auf. Tornie wieherte, schnaubte, preschte nach vorne und sprang über den überlaufenden Graben eines Wasserfalls. Anhaltend bröckelte Geröll von den Felshängen, das ihn um Haaresbreite verfehlte. Doch Fero gelang es endlich Nevan einzuholen. Zumindest für ein paar Meter. Der Erdriese über ihnen, brüllte tief und düster, machte seinem Unmut laut Luft. »Haltet endlich mit dem Wahnsinn ein!«, rief Nevan und führte Asil den bröckelnden und vom Regen glitschigen Berghang hinauf. Das machte den Riesen nur noch wütender. Drohend hob er seine Hand, ließ sie

wie im Donnerschlag zu Boden sausen, als
wolle er Mücken verjagen. Immer und immer
wieder. Doch plötzlich, krachte es. Wasser
schoss wie aus Fontänen aus seinem Felsen. Die
Klippe gab unter dem Gewicht, dem Groll und
den heftigen Regenfällen nach. Ein stürzender
Wasserfall brach heraus, der den Erdriesen mit
sich in die Tiefen riss und an den Reitern vor-
beirauschte. Ein Beben rollte über sie hinweg,
als sie den Gipfel des Berges erreichten. Ein
Steintor mit schwarzen hohen Eisengittern
schimmerte zwischen Efeu und Tannengrün.
Häuserdächer blitzten hervor. Der Regen
dämpfte das Treiben auf den schmalen Wegen.
Und umgehend verlor dieser an Kraft, wurde
feiner, worauf die Sonne gebündelt durch die
Wolkendecke brach. »Das Reich der Herrin …«
Der Ritter nahm den Helm ab, zog die weite
Kapuze tief ins Gesicht. »Das Reich der Anhöhe«

Kapitel 13

Die schwarzen Ritter

Das Bergvolk war von stämmiger, robuster Gestalt. Viele von ihnen trugen einen Pelz aus Bärenfell um ihre Schultern. Eine sommerliche Bräune zierte ihre Gesichter. Neugierig reckten sie die Köpfe, grüßten gar freundlich, als Nevan und Fero an den Marktständen vorbeischritten. Ein Mädchen mit einem Korb kam heran, dessen welliges, bernsteinfarbenes Haar ein Blumenkranz schmückte. »Für den Herzbringer unserer Herrin«, sagte sie, während sie Nevan das duftende Laibbrot reichte, das er dankend annahm. »Herzbringer?« Fero sah dem Mädchen nach, das wieder zwischen den Leuten verschwand. »Wie kamt ihr zu diesem Titel? Wieso vertrauen euch die Leute hier?« »Du wirst es schon bald erfahren …« Nevan hielt dem Burschen das dampfende Brot hin, das er annahm, ehe er dem Blick von dem Mädchen lösen konnte. Der tiefe Ton eines Hornes schallte durch die Luft. Umgehend wurde ein nahegelegenes Tor geöffnet, wodurch ein Trupp schwer gerüsteter Ritter die Bergstadt betrat. »Das Gefolge der Herrin …«, erklärte Nevan. »Hab keine Angst, Fero. Bleib ruhig. Sie werden uns nichts tun. Die schwarzen Ritter sind des Kämpfens gegen die Menschen müde geworden. Ihre mächtigen Brustpanzer schützen sie nur noch vor den wandelnden Geistern, die sie aus dem Gebirge vertreiben, wobei ihre schweren Lanzen diejenigen bannen, die gefährlich für die Menschen werden könnten.« »So wie eure Schwerter?« Nevan nickte. »Nur das ist unsere Aufgabe, Fero. Das wurde uns aufgetragen. Dieser Krieg zwischen dem Reich der Anhöhe und der Seenlande, angezettelt durch unseren Herren, brachte uns alle in Gefahr. Zu viele ließen ihr Leben auf dem Schlachtfeld …« »Hochmeister Nevan …« Ein schwarzer Ritter zügelte sein Pferd, hob die Lanze an und brachte den Trupp hinter ihm mit einer stummen Geste zum Stehen. »Euer Besuch auf der Anhöhe ehrt uns. Was führt euch her?« »Ich suche die Herrin. Ich muss umgehend mit ihr sprechen.« »Das sprunghafte Wetter verriet euch, verehrter Freund.« Er klappte das Visier hoch. »Sie wird sicherlich schon in den Gärten auf euch warten.« »Ich danke euch.« Nevan neigte würdevoll den Kopf. Es dauerte nicht lange, bis sie den Aufstieg zu den Gärten fanden und ihn passierten. Der Wind wehte Blütenblätter durch die Passage des Berges. Wasser sprudelte an den

Hängen hinab. »Rede, nur wenn du dazu aufgefordert wirst …« Der Hochmeister reichte ihm den Helm, als sie den Steinstufen folgten. »Und sieh ihr nicht in die Augen. Erwähne nicht das Seenland, oder das Volk und schon gar nicht den Herren … Alles in allem, verhalte dich nicht wie ein trampeliger, spitzbübischer, vorlauter Müllersjunge, Fero von den Seenlanden … sondern wie ein Knappe des Ordens …« Der Bursche nickte, doch sichtlich unruhig, während er sich mit den Fingern das nasse Haar richtete. Eine Windung um einen Felsen gab schließlich den Blick auf die Gärten frei. Ein leuchtendes purpurnes Blütenmeer, dessen Duft weich und mild war. Darin die Herrin in ihrem Moosgrünen Gewand; umgeben von ihren fünf Hochmeistern.

Das Seenmädchen ist schwach. Das Flüstern der Herrin drang durch Nevans Gedanken, als er sich hinkniete. Das Schwert fest in seinen Händen. *Die Macht eures Herren wächst. Mit jedem Tag der vergeht. Ich weiß, warum ihr hier seid, …* Die schwarzen Gewänder der fünf Hochmeister wehten.

Kapitel 14

Die Herrin der Anhöhe

»Hochmeister Nevan …« Die Herrin erhob ihre weiche, melodische Stimme. »Ihr habt euren damaligen Herren um seine Macht gebracht. Euren Anführer, Fürst über die Seenlande und Meister des blauen, reinen Zaubers. Unser Quell des Lebens.« Fero schluckte, sah wie einer der schwarzen Hochmeister kurz seine Lanze anhob. »Ihr kennt die Strafe für solch einen Hochverrat.« Sie trat näher an ihn heran. Der lange Saum ihres Kleides glitt in Feros Blickfeld. »Erhebt euch« Nevan tat wie ihm befohlen. »Eure Magie ist mächtig. An dem Tag, als er euch zum Hochmeister ernannte, spürte ich wie sich der Wind wandelte. Wie die Erde mir euren Namen nannte …« Blütenblätter wirbelten zu seinen Füßen. »Ihr wusstet von dem Übel, den der Herr von See über uns gebracht hätte, Hochmeister. Als er sich in den Regenfällen verborgen hielt und mein Herz, meine Quelle der Macht stahl« Plötzlich wandten sich die schwarzen Hochmeister zu ihm, donnerten die Lanzen zu Boden. »Und doch stelltet ihr euch eurem eigenen Herren …«, flüsterte sie.

»Ihr nahmt die Vernichtung eures Ordens in Kauf, banntet den Herren in eure Klinge und brachtet mir mein Herz zurück. Ihr wart es, der den Menschen beider Reiche den Frieden schenkte.« Eine leichte Brise wog das Blütenmeer. »Dennoch darf ein solcher Hochverrat, auch wenn er noch so tugendhaft war, nicht ungesühnt bleiben … denn unsere Magie duldet keine Abtrünnigen.« Die Herrin lief zu einer Blume, zupfte die Blüte ab, betrachtete sie für eine Weile. Der Himmel verdunkelte sich. »Ihr werdet als Gefängnis eures einstigen Herren dienen, Hochmeister. Verbannt auf den Grund des großen Sees eures Landes. So werdet ihr der neue Herr von See, werdet unsterblich mit beiden Mächten in euch. Die der Erde und des Wassers.« Der Wind wehte die Blüte fort. »Und der blaue Orden wird fortbestehen.« Fero spürte wie sie ihn ansah. »Der Seenjunge ist einer von euch, Hochmeister.« Schritte drangen plötzlich aus der Passage, kamen rasch die Stufen hoch. »Meine Herrin ihr rieft nach mir?« »Sullivan« Sie hob grazil die Hand, worauf der Bursche sich zu ihren Füßen kniete. Das junge Alter, Lederwams und Lanze ließen darauf schließen, das er ein Knappe des schwarzen Ordens war. »Schauen wir uns an, welche Macht in diesem Jungen schlummert. Welche Kraft der Herr von See ihm an diesem Abend gewährte ...« Umgehend hob Fero den Blick zu Nevan, der ihn mit bleichen Augen ansah. Milchige, dünne Haut blitzte unter der Kapuze hervor; einem Totenschädel gleich, der an einer Seite tiefen Einkerbungen und Verbrennungen besaß. »Meine Herrin ...«, sagte er plötzlich. »Er weiß nicht mit dem Schwert umzugehen, geschweige denn unserer Magie.« »Schweigt, Hochmeister ...« Die grüne Fürstin hob jäh die Hand. »Gebt ihm eins der Schwerter. Ich will es sehen ...« Die Lanzen donnerten.

Ich werde dem Hochmeister die grüne Macht gewähren, um das Mädchen zu retten ..., flüsterte die Stimme im Kopf des Burschen. *Aber, ich will, das du dich beweist, Fero von den Seelanden. Greife das Schwert des blauen Ordens, nimm es an, auf das es dir die Kraft, der reinen Magie gewährt. Stelle dich der Prüfung. Ein Treffer. Ein Stich, beweise dich. Zeige dich ... Erweise mir deine vollkommene Gunst, Knappe der Seenlande ...*

Kapitel 15

Die Prüfung des Ordens

Sie knieten voreinander. Der Knappe des Wassers und der Erde. Der Eine mit Bannschwert, der andere mit Lanze, warteten sie auf das donnernde Signal der Hochmeister, während sie auf den Boden sahen. Sullivan war für sein junges Alter, stämmig gebaut, hochgeschossen wie die Tannen des Gebirges. Kein Vergleich zu den kümmerlichen Strohpuppen, die sich Fero hinter der Mühle zusammengeschustert hatte. Die schweren Lanzen donnerten. Sullivan zögerte keinen Moment, setzte zu einem Stich an und ließ die messerscharfe Spitze nach vorne schnellen. Fero sprang zur Seite, wehrte hektisch ab. Doch der Knappe setzte bereits zum nächsten Hieb an, hielt den unsicheren Seenburschen auf Abstand, als er versuchte sich zu nähern. In einer geschickten, rotierenden Bewegung rammte er plötzlich die Lanze in den Boden. Die Erde unter seinen Füßen bebte, bildete Risse, die sich zu Fero zogen und ihn niederwarfen. Feiner Staub wirbelte auf. Der Bursche keuchte, sog laut Luft ein. Blitzschnell sprang Sullivan hinzu, richtete die Speerspitze auf ihn, wollte zum Stich ansetzten, als Fero plötzlich mit dem Schwert abwehrte. Das Geräusch eines sprudelnden Baches. Feine Tropfen trafen sein Gesicht. Für einen Atemzug schimmerte ein Schild aus himmelblauem Wasser auf. Der Stich missglückte und Sullivan taumelte vom Aufprall zurück. Umgehend richtete sich Fero auf, packte das Schwert mit beiden Händen, schwang es und aus der Drehung heraus, ließ er es nach vorne schnellen. »Genug …« Die Herrin hob ihre Hand, worauf Feros Hieb augenblicklich einfror. »Ich habe genug gesehen … Dein Knappe des Seenvolkes hat sich bewiesen. Der Verdacht das er unter dem Einfluss des blauen Herren stand, traf nicht ein. Doch ...« Sie wandte sich Nevan zu, trat an ihn heran, worauf er aufsah. »Nach allem was geschehen ist sollten wir dennoch ein Auge auf ihn halten.« Der Hochmeister neigte den Kopf. »Die Zeit deines Herren ist erloschen, Nevan.«, flüsterte sie. »Es wird Zeit, das du deinen rechtmäßigen Platz einnimmst. Fordere ihn heraus. Schütze die Seenlande und herrsche zusammen mit mir über diese Reiche.« Der Ritter kniete sich leicht nieder, als sie ihre Hände auf seinen Kopf legte. »Hiermit gewähre ich, dem Menschen Nevan vom Seenvolk, auserwählter Hochmeister des blauen Ordens, die Kraft der

Erde. Möge sie euch vor der unbeherrschten Magie eures Herren schützen.« Sie küsste sanft seine Stirn. Der Himmel brach auf, die finstere Wolkendecke wurde von der Sonne verdrängt. Ein leichter Dunst stieg von der Erde. »Seit dem ersten Augenblick, wusste ich, das mein Herz, nur euch gehören kann ... nur euch allein.«, flüsterte sie.

Reitet schnell und geschwind ... Nevan sah von den Zügeln auf, hob den Blick zu den Gärten, als sie das Steintor der Bergstadt passierten. *Die Kraft des Seenmädchens schwindet. Der Herr von See weiß, dass ihr die Anhöhe aufgesucht habt. Er weiß um die Gefühle, die ich für euch hege. Sein Zorn ist grenzenlos. Er wird versuchen das Tal zu überschwemmen, Nevan. Ein Sturm zieht auf. Er wird alles mit sich reißen, denn er wird es nicht dulden, dass ein Mensch seinen Platz einnimmt ...*

Kapikel 16

Die tosenden Fluten

Bäche schwollen zu reißenden Flüssen an. Die Seen des Landes übertraten die Ufer. Ein dichter Nebel legte sich über das Tal, das Fero kaum mehr die Hand vor Augen sah, als sie über die Straße rauschten. Ein tiefes, boshaftes Grollen rollte über sie hinweg. Die Flammen der Fackeln wurden schwächer, bis sie schließlich ganz im Dunst erloschen. »Bleib dicht bei mir, Fero.« Nevan zog sein Schwert, hielt es in die Höhe. »Zeig dich!« *Was hat er dir versprochen?* Fero hielt sich den Kopf. *Er ist ein Verräter. Der Vierte wird euch alle verraten. So wie er es mit dem Orden gemacht hat. Nur ich bin euer rechtmäßiger Herr.* »Lasst ihn!«, rief Nevan. »Lass den Jungen.« *Ich gewährte dir die Magie. Höre mich an, Fero. Ich will, das du für mich kämpfst. Bezwinge den Vierten, rette das Tal vor dem Untergang und ich schenke dir die Macht deine Schwester zu retten.* »Verschließe dich seinen Worten, Fero.« *Du weißt, was du tun musst. Er ist daran schuld. Er hat den Nöck ins Tal gelockt. Der Vierte brachte das Ungleichgewicht. Doch du Fero, kannst es wieder richten. Sei der Held, der du immer sein wolltest.* Wie durch fremde Hand geführt, zog der Bursche plötzlich sein Schwert, trieb Tornie an und stürmte mit der Klinge voraus auf den Hochmeister zu. Nevan parierte rasch, doch Fero war unheimlich schnell, die Schneide heulte geradezu, als sie in kritischer Kreuzmanier auf den Hochmeister ein preschte. Mächtiger Stahl tönte, Funken sprangen auf. Die Klingen donnerten aufeinander, wetzten sich, maßen ihre Kräfte. Fortwährend musste Nevan seine versuche Wasser zu manifestierten, eindämmen. Die sonst wie frisches Tannengrün leuchteten Augen, waren mit einem Mal zu einem trüben Tümpel verblasst. Es war genug. Nevan wehrte seinen heftigen Angriff ab, schlug ihn zurück, gab Asil die Sporen. Und unter den Hufen des Tieres zersprang die Erde, grollte tief, bildete Risse. Staub, Steine und Dreck wirbelten auf. Der bebende Untergrund rollte zu Tornie, die ihrem Reiter nur noch widerwillig diente und schließlich abwarf. Fero schlug auf den Boden auf, keuchte, hustete, hielt sich den Kopf mit beiden Händen, bis er plötzlich auf einen hellen, weißen Rauch deutete. »Er ist schwach.« Drang eine Stimme durch den sämigen Nebel. »Genau wie du einst, Nevan …« »Wo ist das Mädchen?« Der Hochmeister zügelte sein Pferd, betrachtete die Gestalt, die sich langsam vor seinen Augen manifestierte. »Das Mädchen?« Der Herr von See strich über sein weißes Gewand. »Sie ist dort, wo ihr Platz ist.« Nevan stieg von Asil ab, musterte den Stoff, der wie seichte Wellen über den Boden glitt. »Und der vierte Hochmeister des blauen Ordens wird nun fallen.« Er hob die Hand. »Die Erde allein vermag dich nicht zu retten, Nevan. Dies ist mein Reich ...« Aus dem Nichts bildete sich eine zerstörerische Flut, die sogleich die Straße fortspülte. Blitzschnell sprang Nevan zu Fero, baute sich schützend vor dem Jungen auf, während er mit dem Schwert ausholte und die mächtige Welle mit glühend blauer Klinge zum Einsturz brachte. Der Nebel brach für einen Moment auf. Kurz darauf schwang er das Schwert in einer rotierenden Bewegung, nutzte die restliche verbleibende Flut und schleuderte sie auf seinen einstigen Herren.

Du nahmst mir meine Liebe, trachtest nach meinem Reich und wendest die Magie gegen mich, die ich dir lehrte. Die Ufer werden unter dir brechen, Nevan ...

Kapitel 17

Der blaue Ritter

Unablässig drang er in seine Gedanken, versuchte die unnachgiebige Willensstärke des Hochmeisters zu brechen. Doch aus der Ruhe wurde Ungeduld, als die Trugbilder Nevan nicht in die Knie zwangen. Tiefschwarze Wolken zogen auf. Unter dem Saum des Herren sprudelte Wasser hervor, das rasch zu einem reißenden Fluss anschwoll. Umgehend sprang der Hochmeister zu den Familien, die aus ihren Häusern flüchteten, rammte die Schwertspitze geschickt in den Boden, worauf ein Damm aus dem Morast schoss. Fero rappelte sich auf, rieb sich den Kopf und betrachtete die schlammige, gewaltige Befestigung, die sich aus der Erde erhoben hatte. Wasser peitsche gegen den Wall. Eine dunkle Sprache hallte durch den Nebel. »Nevan!«, donnerte es boshaft. Der Bursche rutschte auf dem schlammigen Boden aus, als er zum Hochmeister eilte. »Was kann ich tun?«, fragte Fero unruhig. »Bring die Familien in Sicherheit. Nimm Asil und Tornie mit und führe sie zum großen See.« »Ich will an deiner Seite kämpfen.« Doch Nevan schwieg, senkte den

Kopf und legte die Hand auf den bröckelnden Erdwall. Schweren Herzens gehorchte der Bursche. Doch kurz vor dem großen See brachte ein schweres Erdbeben das Volk zum Schwanken. Der Damm zersprang. Eine meterhohe Welle brach heraus, rollte auf sie zu. Asil riss sich plötzlich los, stürzte sich hinein. Fero konnte den Blick kaum abwenden, kämpfte mit den Tränen, suchte vergeblich nach einem Harnisch, der in der Strömung auftauchte, während er dabei zusah wie Häuser aus ihren Fundamenten brachen, Bäume entwurzelten und Tiere fortgespült wurden. Das Seenvolk war in tiefe Stille getaucht. Der Bursche musste sich eingestehen, dass selbst ein Hochmeister sich nicht aus dieser Flut retten konnte. Nun, war nur noch er übrig. Letztendlich hob der Knappe das Schwert, worauf sein Blick langsam zu seinem Großvater glitt, dessen Ausdruck versteinerte. Dann trieb Fero sein Pferd an, galoppierte der mächtigen Welle entgegen. Die Klinge glühte in seiner Hand, sein Körper zitterte. Er zügelte Tornie und ritt an der Grenze zwischen tosender Flut und Morast. Die aufspringende Gischt traf sein Gesicht. Das Wasser folgte ihm, peitschte unter den Hufen auf, als durch den Nebel ein Horn erklang. Tausende Hufe dröhnten. Aus dem Fluss tauchten schemenhafte

Schlachtrösser auf, dessen Reiter ihre Mäntel und Fahnen wehen ließen. Und noch ehe ihr Schlachtruf verklungen war, hoben sie ihre Schwerter, schlossen zu Fero auf, der seinen Augen kaum trauen konnte. Die Reiter senkten ihre Klingen, hielten die Spitze in die aufberstende Gischt, als wollten sie Brot zerschneiden und stimmten einen Gesang an, der das Wasser aufwirbelte. Fero tat es ihnen gleich, auch wenn die Strömung mächtig war. Und endlich. Nach einiger Zeit zog der Fluss sein Element zurück. Die Kraft ließ nach. »Fero!« Aus Nebel und Flut erschien auf Asil, Ida, die sich an eine Rüstung krallte. In den Händen eine blaue Blume.

Nenne es beim Namen. Sage mir, was es ist. Der blaue Ritter. Das ist es, was du bist. Grüne Augen spiegelten sich im kristallklaren Gewässer, des fließenden Baches. Die Räder einer Mühle klapperten. Seit der Flut war viel Zeit vergangen. »Du bist zurück …« Der Ritter hob den Blick, betrachtete das vertraute Gesicht hinter dem wehenden blonden Haar. »Meine Taten verlangen nach einem Knappen.« Ida nickte mild, trat zum Ufer des großen Sees und legte einen Strauß mit blauen Blüten aufs Wasser. Leichter Regen setzte ein.

RUMI RIVETT

Geboren 1993 in Norden (Ostfriesland), lebt sie
zusammen mit ihrem Mann im schönen Niedersachsen.
Schon zu Schulzeiten nahm sie erfolgreich an den
jährlichen Literaturwettbewerben teil, die sie in dem
Bestreben stärkte, Geschichten zu schreiben. Dabei liegt
ihr Augenmerk besonders im Fantasy Bereich.

»Ich wünsche mir, dass der Zauber, meiner Welten dich
ein wenig aus dem grauen Alltag entfliehen lässt ...«

Loved this book?
Why not write your own at story.one?

Let's go!